KB050221

말들도 할 말이 많았다

시작시인선 0459 말들도 할 말이 많았다

1판 1쇄 펴낸날 2023년 2월 3일
지은이 정원도
펴낸이 이재무
기획위원 김춘식, 유성호, 이형권, 임지연, 홍용희
책임편집 박예솔
편집디자인 민성돈, 김지웅, 정영아
펴낸곳 (주)천년의시작
등록번호 제301-2012-033호
등록일자 2006년 1월 10일
주소 (03132) 서울시 종로구 삼일대로32길 36 운현신화타워 502호
전화 02-723-8668
팩스 02-723-8630
블로그 blog.naver.com/poemsijak
이메일 poemsijak@hanmail.net

ⓒ정원도, 2023, printed in Seoul, Korea

ISBN 978-89-6021-696-9 04810
        978-89-6021-069-1 04810(세트)

값 11,000원

*이 책 내용의 전부 또는 일부를 재사용하려면 반드시 저작권자와 (주)천년의시작 양측의
 동의를 받아야 합니다.
*잘못된 책은 바꾸어 드립니다.
*지은이와 협의하에 인지는 생략합니다.

말들도 할 말이 많았다

정원도

천년의시작

시인의 말

앞선 시집 『마부』를 읽은 백무산 시인의 연속 창작을 독려하는 계기가 없었더라면 이 시집은 감히 엄두도 내지 못했을 것이다.
『마부』와 함께 정작 더 일찍이 펴냈어야만 했던 시들이다.
아무것도 없는 허허벌판에서 살아남아야 한다는 위태로운 지경을 건넌다는 것이, 돌이킬 수 없도록 이만큼이나 지나쳐 버렸다.

두렵기만 해 어떻게 건너야 할지만으로도 막막하던 시절을 참 용케도 건넜구나, 나의 시를 토닥여 주는데 어느덧 심하게 고장 나 돌이킬 수 없는 아내와 나를 발견한다.
2년 전에 마친 원고였지만 느닷없이 닥친 아내의 알츠하이머병 판정으로 무지막지한 절망의 늪을 수습하느라 또다시 무작정 밀쳐 두어야만 했다. 헤쳐 온 난관들이 너무 버거웠는지 기억을 잃어

가는 아내를 붙잡다가 주섬주섬 묵힌 원고를 다시 챙길 수 있게 됨에 안도하며, 못난 시집에 기꺼이 해설을 감당해 준 김응교 교수와 출판사의 이재무 대표께 감사드린다.

나를 낳자마자 세상을 뜨신 가여운 어머니와, 마부의 기억만 남겨 두고 가신 아버지와, 내가 고아가 되지 않게 해 준 것만으로도 평생 업어드려야 할 또 한 어머니와, 배운 것 없이 뿔뿔이 흩어져 벅찬 가정을 꾸려야 했던 누이들의 수난은 감히 내가 어찌해 볼 도리가 없던 운명으로 돌리며 위로와 따스한 애정으로 이 이야기를 덮는다.

2023년 1월에

정원도

차 례

시인의 말

제1부 프롤로그

말의 역사

중세 때 보병들 이동 수단이 행군밖에 없을 때
쏜살같이 적진을 가로질러 달리거나 배의 동력을 끌며
말은 가혹한 노동을 착취당하던 동지들
살아 최상의 운송 수단이었다가
죽어서는 몸마저 헐한 고기로 바쳐야 했지

막대한 노동력 확보에 대량 번식을 장려하던 20세기 초
미국의 말과 당나귀만 3,500만 마리라니
얼마나 수많은 말과 노예가 사나운 채찍에 피를 쏟았을까
흉포한 채찍질에 미쳐 날뛰다 사고가 잦자
그제야 노동을 단축 받기도 했다지만

니체도 잔혹한 마부 채찍질에 버둥대는
말의 목을 껴안고 통곡하다가 미쳐 갔다지
마르크스도 노동하는 동물은 노동자로 보지 않았지만
말 못하는 말들도 태업으로 항변했네

전마戰馬

고구려 과하마果下馬는
과일나무 아래를 지나간다는 전마
작은 체구는 산악 전투에 능했네

평원과 달리 험악한 산악은
몸집 작고 지구력 강한 몽골 말이나
여진 말이 최고,
질주하는 말에 등자 딛고 선 채
활을 쏘는 신공으로

로마 군단을 농락한 훈족 왕
아틸라의 군사들이나
무거운 투구와 갑옷으로 무장한 철갑 기마가
결연한 갈기 휘날리며 전장을 누비던
광개토대왕이며, 장수왕이며,

말 잔등에 동복*을 싣고 달리며
재빨리 밥을 해결한 기동력으로
유럽을 정복한 훈족이며

>
날 선 채찍에 의기 탱천한 기마들이
찰갑옷에 장칼 휘두르며
소나기 화살을 뚫고 돌진하다 검붉은 피
토吐했으리
박혁거세도 백마가 낳은 알이었네

* 동복: 흉노족의 말 잔등에 싣고 다니던 청동 솥.

의마총義馬塚

왜란에서 호란까지
친명親明에 목을 맨 산천이 피를 토하고
희디흰 폭설이 끝없는 시체를 휘덮어
굶주림에 피눈물 흘리면서도 의병을 자청하던 때

적군 칼날에 동강 난 머리를 물고 3백 리 칠흑 밤길을 달려, 까무러치는 젊은 부인에게 피 뚝뚝 떨어지는 주인을 전하며 거친 숨 몰아쉬다 죽어*

머나먼 심양 사르후 전투에서 패한 죽음을 삼베 적삼 핏물로 적어 말안장에 매어 주고 채찍질하니
사흘 밤낮을 달려 주인의 비통한 죽음을 전했네**

혹한에 포위당한 채 얼어붙은 목을 버티다가 왕이 머리를 땅에 찧는 수모까지 당하며 항복하던 때
남한산성으로 진격해 오는 청을 저지하다 패퇴당한 뒤 주군의 피 묻은 갑옷 입에 물고
경상도 김천 마을 뒷산으로 돌아와 헐떡이는 숨 내려놓으며 물고 있던 갑옷만은 끝끝내 놓지 않았네***

* 곡성 의마총. 임진왜란 때 고경명을 의병장으로 전라도 곡성, 담양, 순천에서 기병하여 왜군과 싸우다가 금산전투에서 순절한 유팽로 장군의 애마를 기림.

** 파주 의마총. 19세에 이순신 장군의 휘하로 명량 해전에서 공을 세우고, 명나라 지원군으로 파병되었다가 명나라 지금의 심양 사르후 전투에서 전사한 이유길 장군의 애마를 기림.

*** 김천 의마총. 병자호란 때 의병을 모아 쌍령 전투에서 싸우다가 전사한 이언의 장군의 애마를 기림.

군마 레클리스*

그의 최종 계급은 하사였네
전쟁 당시 서울 신설동 경마장 경주마였다가
팔려 간 이름이 '아침해'

비 오듯 퍼붓는 사선 휘돌아
포탄 쏟아지는 최전선을 386회나 왕복하며
화약내, 피 냄새 등천하는 탄약에
목숨 사리지 않고 부상병 실어 나른 공로로
세계 100대 영웅에 선정되기도 해

총알이 빗발치면 언덕에 몸을 숙여 피하거나
포격을 퍼부으면 재빨리 벙커로 피하는 영리함에
포탄 터지는 굉음에도 놀라지 않고
군인이 해낼 수 없는 수많은 전적을
혼자 수행해 내기도 해

동족끼리의 피눈물 나는
내전인 줄도 몰라,
갈기갈기 찢긴 통한痛恨 알 턱 없는 그를
군마 레클리스라 부르며

미 해병 영웅으로 용맹을 기렸네

---

* 레클리스: '무모할 정도로 용감하게'란 뜻의 이름. 1997년 『라이프』 매거진에 링컨, 마더 테레사 등과 함께 세계 100대 영웅에 선정, 미 해병에서 동상으로 기림.

제2부 소년과 로시난테

편자 소리 울리며

마차들 어김없이
동트는 새벽 강 떼 지어 건너
얼어붙는 편자 신작로 박차는 소리가
잠 덜 깬 버짐나무를 흔들어 깨웠네

어둑한 강물 헤집던 말발굽 소리에
귓전 울리던 방울 소리
바람 가르는 채찍질에 헛기침 소리
이강산 낙화유수, 흥얼대던 노래 자락에
희뿌여니 깨어나던 달구벌

말 등마다 더운 김 피어오르는 마차 행렬이
차디찬 강물 속으로 걸어 들어도 좋았네
강바닥까지 울려 퍼지는
편자 소리가
아양교 근처 여인숙의 보따리장수
화들짝 불면의 잠조차 깨웠네

마부의 문간방

사과 배달 끝낸 밤이면
달그림자 등에 지고 돌아온 마차들
과로에 몸 달은 조랑말 나무 기둥을 물어뜯으며
힝힝대는 울음이 삭은 문풍지를 두드렸고
남폿불 까맣게 태우던 바람 오두막 흙벽에 부딪혀도
케케묵은 이바구는 끝날 줄 몰랐네

학교 갈 나이가 되어도
태반은 뒷문으로 빠져나와 어디로 떠났는지는 몰라도 그만
말똥 냄새 절은 아부지 무릎 베고
화투장 그림자에 빠져 놀았네
담배 연기 쩐 방이 오소리 굴처럼 쿨럭일 적마다
반야월역도 동네도 덩달아 뒤척였고

정 씨 조강지처 세상 뜬 일이야
잊은 지 오래
속병 고친다며 우물 파다가 나온 해골 물 마신
방앗간 집안 형님은
시름시름 앓다가 죽어도 그만

>
밤마다 마부의 문간방은
들락거리는 재취 댁 치맛자락만 분주했네

눈발 헤치며 마차들 돌아오다

사과 궤짝 다 부리고 나면
막걸리 잔조차 걸칠 틈 없이
찌푸린 하늘에
게으른 채찍질로 돌아오는 길

큰 고개 반도 못 넘었는데
흩날리기 시작한 눈발이 거세지더니
빈 마차 수북이 쌓이는 눈에
수시로 털어 내는 갈기마다 고드름이 맺혀
내뿜는 콧김조차 나발되어 힝힝댔네

미끄덩대는 고갯길 목전에 두고는
무릎마저 꺾여
버둥대는 고삐 다잡고 아양교 건널 때는
휘몰아치는 눈발이 만주벌!
눌러 쓴 마부 모자에도 엉겨 붙다가
젖은 눈썹 끝에도 달라붙어

희멀건 눈동자 껌벅이며
김 서린 생똥 질질 눈 위로 흘려 대다가, 폭설에 파묻힌

용계동 다리 건너고서야
　희미한 달그림자 위로 거꾸러졌고
　호롱불 희미한 윗목에 앉아 씻지도 않은 발이야
　걸레로 훔치는 둥 마는 둥 곯아떨어졌네

말들도 할 말이 많았다

말도 머리 굵으면 길 못 들이네
채찍으로 왈패질하다가도
혹이나 잔병치레할까
없는 이불 들고 나와 말 잔등 덮어 주었네

먼 길 가기 전에 물 먹이면 안 돼
노역 후 물이나 꼴 바로 먹여도 안 돼
성미 사나운 남정네는
편자 소리 다그닥, 머리 들이받으며
말들도 할 말이 많았다

길마 느슨하게는
어깨 근육을 떨다가
고개 숙인 채 컥컥거릴 때는 그만 내닫고 싶을 때
누구라도 해코지할 때는 날 선 뒷발질에
길길이 날뛰며 배를 뒤집었네

고삐 바싹 당기며 서두르던 길도
목덜미 부드럽게 쓰다듬어 주면 이내 멈추고
재갈 벗고 싶을 때는 주인 어깨에

지친 머리 문질러 대며

말들도 할 말이 많았다

말춤

아부지는 천상에 말이었네
정월 대보름 지신밟기, 아부지 곱사춤은
긴 목덜미 뽑으며 갈기 휘날리던
말춤을 빼닮았네

가파른 고개 넘을 때마다
긴 머리 좌우로 흔들며, 숨 컥컥대며
땀으로 번들거리는 말일랑 껴안다시피
날 선 채찍 허공에 내지르며
다급한 애원에 말발굽 버둥대다가
눈곱 낀 눈망울에 말총 흩뿌려 댔네

뼈가 으스러지는 삭신에도
애환은 풀어 주고 억장은 되살려 내던
무당 춤사위마냥
탱자 울타리 길 악다구니로 버텨

마장馬場터

마장터 주변이 시끌벅적했네
유난히 큰돈으로 북적이던 우시장 모퉁이
힘 못 쓰는 말은 헐값에
나오기 무섭게 팔려 나가기 십상

팔고 사자는 마부 사이에
흥정이 오가면
말뚝에 묶인 말이 저 먼저 눈치채고
젖은 눈빛 힝힝거리며 버둥대도
본체만체 오가는 흥정에

고삐 매어 둔 생채기에
몸살 앓던 살구나무 그림자도
편자 교체 기다리는 장제사집엔
쇠 달구는 풍로 불빛만
시뻘겋게 이글거려

먼 걸음에 싱싱한 말 골라온 마부들은
용맹했던 전사마냥 무용담에 침을 튀겼네

말 짝짓기

암말의 발정이 시작되자 마차를 내렸네
생식기에 흐르는 끈적이는 진액
엄지와 검지에 묻혀 보더니 날을 잡았고

드디어는 먼 데서 힘세고 잘생긴
수말 한 놈 끌고 오더니
푸드득 겅중겅중 목에 힘주면
장정 여럿이 달려들어 거동을 감시하다가,
고삐 다잡고 신호 보내기 무섭게 달려들더니
편자 박힌 앞발로 배를 감싸더니
불안한 말총 헤집고 엉덩이 실룩대더니
부르르 온몸을 떨다가
눈망울 몽롱하게 젖은 채
긴 목덜미 암말 등에 축 늘어뜨리면 끝!

축담 걸터앉은 막걸리 권주에
말 잔등 타고 흐르던 찐득한 땀과
고슴도치처럼 돋던 긴장이
후줄근히 녹아내리던 벌건 대낮이었네

당나귀 정鄭

걸핏하면 나보고 당나귀라 불렀네
마부 아들이라 그리 부르는 줄 알았더니
부리는 말이 당나귀라 그런 줄 알았더니
나라 정鄭자 머리에 달린 두 획이
당나귀 귀를 닮아
아버지 한자로 쓸 때는 꼭
두 귀가 순하게 처진 형상 대신
몽당연필 침 묻혀 가며 꼭꼭 눌러
빳빳하니 두 귀를 세운 서체로 바꿔 가르치며
내 이름도 당나귀가 되었네
아무리 사방을 둘러봐도
달아날 곳 없는
옴짝달싹 못 하는 당나귀 신세였네

소년과 로시난테

소년과 말은 돈키호테와 로시난테보다
더 바빴네 과적한 마차를 끄느라
밤늦도록 탈진해 돌아온 날은

감나무 잎사귀 딱지치기로 부르튼 손등
회초리 타작이나 당하다가
애꿎은 말구유나 발길질해 댔네
장마를 예감한 개미들은 허겁지겁 굴속을 들락거렸고
붉게 영근 맨드라미는 실바람에도 어쩌지 못하고
톡톡, 검은 씨앗을 뱉어 냈네

장독대 아래 쪼그리고 앉아
앉은뱅이 채송화마냥 졸다 보면
말 잔등 덮었던 짚북데기에 뜨건 김이 피어올랐고
깨진 장독 뚜껑에 고인 빗물마다
봉선화 꽃물이 맺혀

구유에 비친 말 얼굴이
더 홀쭉해지면 먹구름은 또 한바탕
검붉은 소낙비를 토하며 달아났네

마부 군소리가 담을 넘었네

심심한 콧김에, 휘두르던 말총 피해
말 귀나 매만지던 사이
여물 씹던 말과 소년의 누런 이빨이
마구간 거미줄 거쳐 온
햇살에 반짝였네

말구유에 떨어진 잔별처럼
허기나 삼키다가
귓불 붉어진 말 타고
죽은 엄마 찾아 헤매다 돌아온 밤이면
요령 소리 다그치는 마부 군소리가
그믐달보다 먼저 담을 넘었네

비 오는 날의 마구간

검게 삭은 오두막
볏짚 타고 떨어져 내리는 낙수 소리에
궂은비 밤새 흩뿌려 마차도 쉬는 날은
비좁은 마구간이 분주했네

너저분한 말똥에 젖은 볏짚 갈아 주랴
길마 벗을 틈도 없이 빠진 털에
짓무른 등 긁어 주랴
빗물 흥건한 뒤안의 감나무가
천둥 번개에 놀라 부르르 경련했네

뜨건 김 피어오르는 여물죽 차리는 동안
누렇게 찌그러진 양은 주전자 술심부름 가다 보면

악머구리 울음과
구멍가게 술 단지 막걸리 내와
익어 가던 사과 향내가 서툴게 몸을 섞고
그림자조차 적막하던 과수원 길
길 우에 질펀했네

붉은 망아지가 혼자 일어서는 법

작은 언덕만 나타나도 마차에서 내려
모시듯 재촉하던 붉은 당나귀
강물에 빠져 허우적대던 엉덩짝 쓸어 주면
몸을 털 때마다 번뜩이던 물보라, 삐걱대던 마차에
아버지 채찍질 콧노래 사무치게 어리어도

나는 빌딩 숲에서 벌어지는 사투조차
잘 견디지 못했네

기름때 절은 공장으로
찬 새벽 모닥불 패거리로나 떠돌다가
긴 꼬리 말총이 따갑게 후려치던 뺨
위태롭던 말발굽 소리 되뇌며
붉은 망아지 혼자 일어서는 법
터득해야 했네

팔려 가는 당나귀

거간꾼들 찾아와
말을 살피다 돌아갔네
낯선 손길 엉덩이 쓸어 줄 적마다
긴 말총 후려치며, 버둥대며
팔려 가는 당나귀 뒷모습이 어른거려
삽짝 들어서기 무섭게 마구간부터 살폈고

말 목 껴안아 줄 때는
내 목젖이 먼저 내려앉았네
거간꾼 말대로라면 더는 부려 먹기도 마땅찮아
고기로나 처분될지도 모른다는 말에
사라진 말의 행로가 불안하기는
발 여린 나와 별반 다르지 않았네

노새를 부리다

동무 아버지는 노새가 벗이었네
짧은 걸음 종종대며 뒤쫓던 마차도
경운기에 쫓겨 종적을 감추었고
뒤늦게 손 턴 아버지 덕에
가출조차 늦어질 수밖에 없었다는데

탱자 울타리 파인 구덩이 건너
낡은 마차 삐걱대는 소리가
우물 속 두레박질마냥 시퍼렇게 날 벼린
하늘로 공명할 때마다
길쭉한 노새 귀가 더 쫑긋해졌네
막다른 언덕만 나타나면 용쓰던 노새의 두 눈과
마차를 밀던 동무의 뺨이
더 붉어졌고

노새와 아버지와 동무는
꾸역꾸역 눈만 뜨면 쉴 새 없이
남의 과수원으로, 내 논밭 없는 들녘으로
마차를 몰았네

말에 관한 생물학적 고찰

수렁에 빠져 버둥대는 말을
필사적으로 껴안아 본 적 있는가
푸르릉 퍼덕대며 토해 내던 말들의 절망에 대해
귀 쫑긋, 사방으로 돌려대며
암말이 내는 신음에 말총 흩뿌리며
멀고 먼 언덕에서도 따라 울던 수컷에 대해

긴 다리 선 채로 잠을 청하다가도
목덜미 노리는 기습에 몸을 떨다가도
새하얀 아기집 털버덕 내려놓고
김이 피어오르는 붉은 혓바닥이 닳도록 아아,
망아지 얼굴을 핥아 주던 모성애에 대해

대책 없이 앓아누워
강제로 입 벌리고 혓바닥 살필 때는
거친 숨 헐떡이며 희번덕대던 눈망울
허공을 삼키던 안간힘 보았는가

제3부 신기동 105번지

말들이 돌아올 때

허공에 새겨지던 말
울음소리도
길모퉁이 돌아 나온
하현달 반쪽 달빛도
녹초가 되어 드러눕는 밤이었네

신기동 105번지

일제 침략이 만주를 삼키던 때
전쟁을 운송하는 철도가 지나면서 반야월역이 생기고
팍팍한 신작로 건너
뽕나무밭 묘지들 단숨에 밀리면서
공출 대기도 허덕이던 때

신기동新基洞 108번지 할머니 시집온 곳
달빛마저 숨죽이던 키 낮은 오두막
막둥이 아부지가 분가한 105번지 내 태어난 곳도
우환이 끊이지 않았네

지척인 경산 남산 출신 원효가
당나라 유학길에
어둔 동굴 속 마신 것이 해골 물인 줄 알고서야
깨우침 얻어 귀환했다는 말처럼
묘지 깔고 앉은 샘물 탓일까

세 살 적에는 어무이가
열넷에는 아부지가 허망하게 세상을 뜬 것도
다 그 때문이 아닐까
오죽 답답하면 그런 생각까지 해 보는 것이네

문중門中 화촉계華燭契

문중에서 일 년에 하루, 혼례 치른 여식과 취객娶客들 모아 서먹한 동서끼리 희희낙락 가무 즐기는 날
　여식들 출가하면 남의 자식, 다시 만나기 어려운 백 년 손끼리 친목 다지던 자리

　신덕 허 서방은 자그마한 체구에 비쩍 말라 심하게 다리를 절었고, 하양 유 서방은 같은 마부 처지라 더 각별했네
　꽃 피는 봄날 물살도 가벼워진 금호강 가에 가마솥 걸어 놓고 쇠고깃국 끓이랴, 술상 차리랴, 멀리서 소식 모르던 누이와 자형들이 몰려들고
　용성 이 서방은 국 솥에 불 때는 궂은일은 도맡아 자청, 빈천한 가산에 남의 집 머슴까지 살았다는데, 정작 쫓기다시피 출가한 큰누이 자형은 팍팍한 대처를 떠도는지 끝내 나타나지 않았네

　막걸리 동이가 비워지고 흥이 오르면 취기 오른 동서끼리 끌어안고 옥신각신 불콰한 볼 비벼 대던 등 뒤로
　강물도 정처 없이 느릿느릿 빠져나가던 서호벌, 새들만 부산하던 미루나무 꼭대기에 석양이 내걸릴 때까지
　금호강 키 큰 버드나무 숲은 춘양에 물오르고, 삼촌뻘 자형들 틈에 끼어 막걸리 냄새 역한 술심부름에 바빴네

개구리 사냥

오월은 오만 소리에 업혀 찾아왔네
들녘 개구리 울음이 무논을 갈아엎던 때
말 울음도 가장 생기가 돋을 무렵
아직은 말꼴을 하지 않아도 되던 때

검정 고무신 논두렁에 벗어 두고
양계장 닭 모이 개구리 사냥에 나섰네
긴 채 휘두를 때마다 쭉쭉 뻗는 개구리
깡통에 주워 담으면
터벅터벅 양계장 가는 길이 멀고도 아득해

멀쩡하던 태양 득달같이 감추며
대지 호령하는 천둥에 소나기 후두둑 후둑,
누렇게 비스듬히 누운 보릿대 등짝 후리는 소리 지나
개구리 깡통 받아 주던 하얀 손 만나러
한나절 걸어서야 다녀오던 양계장

이사 가기 전에는
울 오두막 옆집에 살던 누이
얼굴에 주근깨가 강변의 잔별처럼 어여쁘던

>
나무들도 풀들도 개구리까지
자라는 것은 모두 푸른 울음을 토해 낸다는 것을
그때부터 알았네

꿩과 겨울 무

살 터지는 겨울 어스름이 시퍼렇게 번질 무렵
산비알 타고 내려온 칼바람이
벌거숭이 몸을 할퀴고 지나갔네

목욕물 채워진
붉은 고무 다라이 속으로 날아드는 싸락눈이
벌거벗은 맨살에 닿자마자 녹는 사이
외숙모 거친 손이 다급하게 때를 미는 동안

밭둑 너머 성질 급한 장끼가
마른 넝쿨 속으로 머릴 처박았네

설핏 녹던 몸에 소름이 돋을 무렵
외할머니 뒤꼍 구덩이에서
새파랗게 겁에 질린 무를 꺼내
흙을 털고 계셨고

저녁 마실 나갔던 외삼촌 손에는
아까 수상하게 머리 처박았던 꿩이
날개가 꺾인 채 잡혀 왔지

바늘로 구멍 파고 극약을 밀봉한 콩 주워 먹고
창자가 녹은 꿩이었네

마부의 딸들

나와는 터울이 많이 지는
초등학교도 못 마친 누이가 셋
공장이나 식모로, 어무이와는 앙숙이 되어 떠돌다가
아부지 경황없이 세상을 하직하자
쫓기듯이 출가해
매형들 가계는 하나같이 멀쩡한 데가 없어

큰매형 어머니는 나병으로 뭉개진 코 감추며
막다른 산중에 은둔
해 저문 산 그림자에 묻혀 남몰래 다녀가는 사이
막일로 전전하던 매형은 밤마다 비칠비칠
어둠에 포박당한 호기를 부렸네

둘째 매형은 일찌감치 천애고아
예식 마친 누님과 시댁으로 인사갈 때는
열넷 까까머리가 아버지 격으로 따라갔는데
하양 큰집 멀고 먼 황토 길
종형수 툇마루에 차려 주는 멀건 국이
목구멍에 걸려 넘어가지 않았네

\>

막내 매형은 교회 열성 집안이라더니 웬걸,
대책 없이 빈둥빈둥 술로 때우니
누이 처녀 적 혀 빠지던 장갑 공장 다시 떠돌며
밤마다 억한(億恨) 망상에 허적였네

신神을 찾아서

굿이 열리는 밤마다
칠흑 과수원길 더듬던 대나무가 손끝에서 떨 때마다
달빛조차 걸핏하면 보따리를 싸는지
종적을 감추었고

슬픔도 봇물 터지듯 징소리 따라 울던
불면의 밤을 건너면
나는 점점 이상한 숲을 순례하는 혀 짧은 노루거나
목 타는 갈증 감추며 사막을 횡단하는
어린 낙타가 되어 갔네

옆방에 세 들어 살던 아주머니는
너무 똑같아 구분이 안 되는 쌍둥이 남편과 시동생이
교대로 들락거릴 때마다 용케도 알아보고
남묘호렌게쿄 염주를 굴렸고
밤마다 별의별 교회당에, 굿에, 바를 정正 벽에 붙여 놓고
수시로 정을 외치던
친할 것도 없는 동네 형의 수상한 의식이
누추한 족자로 내걸릴 동안

>
어디서도 찾지 못했던 신의 행방이
새벽 어스름 공단 출근길
자전거 바큇살에 부서지던 환한 햇살로
찾아왔네

할아버지 제적등본

험한 식민 시절 건너오느라
표지석조차 없는 공동묘지 헤매다 잘못
남의 조상에 절하기도 하다가
들춰 본 제적등본에

큰누이와 같은 태太 자 돌림인 탓에
삼남인 아버지가 차녀로 등재
휘갈겨 쓴 일본어 표기가 해독조차 난감했네
제국의 군홧발 자국 낭자한
히라가나 위세에

북만주 유민으로, 블라디보스토크로
숨 막히던 카자흐스탄 변방으로 내몰리거나
멕시코행 이민 광고, 일본인 꾐에 속아 탄 배에
엄마 등에 업힌 두 살짜리 아들도*
멕시코 에네켄 농장으로, 쿠바로
노예가 되어 팔려 가

인간도 말이나 소처럼
헐한 노동력으로 팔려 다니며

죽음의 고비마다 까무러치며 불렀다는 아리랑
애절한 곡조로 견뎌냈을까
일찍이 남편 따라 북만주 어딘가로 떠났다는
막내 고모 흔적까지 생생했네

• 임천택: 쿠바 한인 1세대이자 독립운동가. 그의 아들 임은조(헤로니
  모 임)는 피델 카스트로와 체 게바라 등과 함께 쿠바혁명에 가담.

핫옷 세 벌

시도 때도 없이 구시렁댔네
쟁기질로 곡식 경작하랴
끈적이는 담배 내에 땀내 절은 남정네
편해질 만하면 시름시름 앓다가
숨이 멎는다는 말

고산지대 야생하던 산양이 저지대로 내려오면
앓다가 저 죽는 줄 모르고
천적 피해 달아나다 낭떠러지로 떨어져 죽거나
부러진 다리 버둥대며
길 없는 숲속으로 몸을 숨기듯

사과밭 날품 사다리에서 떨어져
길모퉁이 절룩이며 돌아오던 해거름
어무이 젖은 머리 수건 벗어던지며
평생 고생하다 핫옷 세 벌 되면 죽는댔네

탱자나무 과수원 길

금호강 잔물결 탱자 울타리 너머
희디흰 사과꽃, 탱자꽃이 흐드러지던 과수원
아낙들 사다리 타고 나뭇등걸 기어오르며
시퍼런 풋사과를 솎았네

게으른 마차들 몇 순배
탱자 향 가슴 저미는 울타리 끼고
다닥다닥 탱자가 전구 알처럼 밝혀 주던
먼 길 돌아 당도하면
잘 익은 사과 향이 종소리처럼 번져

물살 여린 강물에, 업혀도 흘러
굿이 열리는 밤마다 과수원길 더듬어
조릿대 꺾으러 돌면
상현달마저 탱자가시에 찔려
숨 막히는 적막 쓸어내리고 있었네

오월 대추나무 아래 버려졌네

배는 곯는데 애는 또 들어서고
먹는 게 부실하면 사산할라 외할미 짠 지렁 퍼먹고
산비탈 굴러 보기도 했다는데
죽지도 않고 태어난 것이 딸인 줄 알고는
오월 대추나무 아래 버려졌네

마실 온 숙모가 발견해 탯줄 끊고
핏덩이 씻기니 그제야 울음 멈추더라
대추나무 이슬 받아먹어
명깨나 질길 거랬지

'만주 가서 돈 벌어 와 색동치마 사 줄게'
'바람아 불어라 대추야 떨어져라'던 고종 오빠는
종적도 없이 사라지고

아홉 살에 남의 집으로 팔려 간 후
내 집조차 가는 길 잃었다네
일본 가서 공부하고 온 주인아저씨
담배 심부름 다녀오는데 온 집안이 수색당하고
붙잡혀 가기에 도망친 것이 서울역

>
곯아떨어진 구석 잠 깨워
낯선 아낙에 이끌려 간 곳이 미아리 버스 종점
보내 준다던 학교는 안 보내 주고
밥하랴 빨래하랴 바느질 허드렛일로
눈알에 핏발이 서다가
그 길로 동란이 터져 돌아갈 길 또 잃었다네

등짝에 큰 돌 눌러놓고

(중일 전쟁까지 터지는 바람에 강제징용이니 징집이니 마
구잡이로 끌려가거나 농민 수탈이 극에 달하던 때)

더군다나 긴 가뭄 먹을 것 없는 엄동에
무딘 낫으로 송기松肌를 벗기거나
꽁꽁 언 땅 괭이질에 칡뿌리 방아로 빻아
물에 우려낸 멀건 수제빗국으로
근근이 버티다 못해

첩첩산중 청송 당마 버리고
타는 혀 굴리며 걸어서 백 리 길
밥이나 안 굶겠다며
얼어붙은 개골창 매서운 바람 맞서

네 살배기 귀한 아들은
바지게에 얹은 이삿짐 우에 지고 가면서
일곱 살배기 딸은
"순順이 용케 따라오면 델꼬 가고
엎어지면 등짝에 큰 돌 눌러놓고 간데이"
두 발이 얼어 터져 짓이겨진 줄도 모른 채

놀란 노루새끼 마냥
성급한 어른 걸음 따라 걷다가

퍼붓는 진눈깨비가 얼어붙는 산골짝
연기 오르는 굴뚝도 따스한 아흔아홉 칸 양반집
머슴방에 불 들이고 몸 녹였다네

외삼촌의 행불

외할아버지 얼굴은 알 턱도 없네
노름판에 무릎 거덜 나 일찍이 세상 버린 탓
외할머니 틈만 나면 사라진 아들 그리워했는데
훤칠한 키에 빼어난 용모로
하루에도 백 리 걸어 훌쩍 다녀오신댔네

사라졌다가 나타나기 대중없더니
광복 몇 년 지나지 않아 영영 행불
큰외삼촌 생사 묻기만 하면 꺼지던 한숨 뒤로
전쟁 중에 피난 돌아오니 외할아버지 빈소에 촛불 켜진
흔적과 인민복 한 벌
쌀밥 한 고봉에 쇠고깃국 차려진 것도
위태한 비밀이 되었고

'붉은 기 손에 든 채 쓰러질 적에
뒷일은 염려 마라 내가 있으니
외로운 소나무 밑 내가 죽은 줄 누가 알겠나'*
야학에서 배웠다는 노랫말만 흥얼거려도
인물 났다던 큰외삼촌 행불이 짐작되었네

* 어머니가 야학에서 배웠다는 노래 가사 중 일부.

64

한덕수

어릴 적 누구 큰아버지라 잘못 말하다가는 언제 붙잡혀 갈지 모르던 시절, 가까스로 통과하고 안도하네
성악가 되자고 일본으로 건너갔다가 중도에 학업 포기하고 노동운동하다 체포되어 감옥 드나드는 통에

지역 벗어나는 출타는 지서에 사전 신고해야 해
'한덕수는 빨갱이'라는 낙서가 칠판에 적혔고, 책상에 엎드린 동무 등이 안쓰러웠네
내가 이불 보따리 하나로 고향 뜰 때까지도 그는 여전히 《야간 비행》에 나오던 빨갱이 두목

'원도 저놈 할배 닮아서 힘도 세다'
부추길 때마다 나의 사과밭 농약 치는 펌프질이 급해졌고
큰아버지와 동무인 그가 일본으로 밀항해 공화국 노력영웅 칭호에 김일성훈장까지 받고
김 사망 때는 장의葬儀 서열 4위가 되는 동안

불령 집안은 깊은 잠조차 감시받아야 했네

어래산魚來山*

오빠 따라 야학 몇 번 나갔다가 들킨 후
밤새워 회초리 실토 끝에 발길 끊었다는데
용케 들키지 않고 따라나선 동무도 사라진 한참 후에
동네가 발칵 뒤집어지는 사변이 났지

아리랑 포도밭 지나 방천 둑 너머 떼 지어 묶여 오더니
  얼어붙은 칠평천 구덩이로 몰아넣고 총소리 귀가 먹도록
난사해 몰살시키는 참변에
  먼발치 터지는 심장 쥐어뜯으며
  남몰래 지켜보았다네

일본 앞잡이 아비가 빨갱이 소탕 앞장선 덕에
막을 자 없던 동무 오빠도 세월 지나 폭삭 망한 뒤던가
몸져누운 남자 대신 마차 몰고 나간 칠성시장
채소 난전에서 그녀와 맞닥뜨렸는데

부잣집 딸 오만 풍파 헤쳐 온 몰골에 첨에는 몰라봤지만
  몇 차례 남자와 갈라진 후 머릿수건 덮어쓰고 난전 밀려
난 팔자 되었다며
  술이, 해야, 준이, 혁이 그때 다 죽었다지

66

소 풀하러 나갔다가

영문도 모르는 시체가 되어 돌아왔다네

운명이다

갓 서른에 재취로 와
마흔에 서방마저 떠나보내고 눌러앉은 까닭
동네 아낙들 합천 해인사 소풍갔다가, 큰스님이 봐 준 사
주에
제 자식도 버리고 살 팔자가, 받아 키운 자식이 더 어진 자
식 된다는 말에 억장 무너져
더는 팔자 고치는 짓 그만두었다네

야음夜陰 속으로 보따리 감추던
새엄마 달아날라
반눈 뜨고 자는 척 망보던 날 내려다보며
'반눈 뜨고 자는 애가 영리하다' 주섬주섬 보따리 다시 풀며
호롱불 깊은 밤을 지폈네

풀 한 포기 나무 한 그루도
베어지거나 말라죽을 운명 있어
산기슭 떠다니는 짐승들도
북으로, 북으로 씨를 옮기던 소나무들도
굽은 산등성 지키다가 타는 허기에

>

굶주린 등가죽 움켜쥔 채

마을조차 보이지 않는 고개

가쁜 숨 감추며 허브고* 뜯고 넘다 보니

예까지라네

* 허브다: 허비다의 방언.

제4부 리어카 택시

키 덮어쓰고 소금 꾸러 가다

꿈속에는 늘 무에 그리 바쁜지 서걱대는 억새밭
쏘다니다 보면
휘갈긴 오줌발에 허벅지가 따스하게 저려 오고
그 통에 잠이 깨면 아차, 때는 늦은걸

나귀 눈에 켜진 쌍심지에
겁에 질린 아랫도리가 시퍼렇게 벗겨지고
싸리나무 회초리 피해 겨울 마당으로
까칠한 키 덮어쓰고 내쫓겼네

오도 가도 못하고
허물어진 담장 너머로 쭈뼛거리다 보면
앞집 아지매 소금 한 종지 부어 주며
'또 오줌 싸면 다시는 소금 안 준데이'
타다 만 부지깽이로 키 두들기며 윽박질러

그렁대는 소금밥 욱여넣다 보면
빨랫줄에 널린 오줌 얼룩만 눈치 없이 나부껴
마구간 근처 얼씬대던
고무신 가겟집 딸도 알아챘을까

놀란 말 뒷발질에 저만치 도망치고 있었네

각산동

종갓집 사과밭 맞두레질로 물 퍼 올릴 때
흐벅지게 피어난 돼지감자 꽃 너머
희디흰 사과꽃이 눈발마냥 흩날려 좋았네

폭설은 또 얼마나 퍼부었으면
눈덩이 파낸 속으로 기어 들어가 마른 북데기 깔고 앉은
동네 형의 황당한 무협 얘기에 빠졌다가
지린 오줌 누러 나오면
까만 밤하늘이 별천지가 되어도 아무도 나를 찾지 않아
도리어 덜커덕 겁이 났네

옥수수밭 건너 철교는 건너 보지도 못하고
후들거리는 다리로
뽕나무밭 누에 공장 번데기나 사 와
빈집 지키느라 심심한 누이와 삶아 먹다가 우리가 숨조차
멎는 번데기가 되어도 몰랐네

매여동 지나 쏜살같이 흘러온 도랑물
맨발로 헤집으며 피라미, 붕어 잡다가 미끄덩
물먹은 옷째 벌벌 어둠에 떨던 저물녘

극장 선전반 짐 자전거 은숙이 아버지 술주정 고함 소리
가 풀섶에 처박히던 밤이었네

리어카 택시

빈 리어카 덜커덩대던 다리목 어귀
뽕나무밭 오디가 검은 고양이 등허리마냥 번뜩이는
밭머리 허겁지겁 돌아
'야 너거 아부지 저기 널브러져 있데이'
기별이 당도하기만 하면

비틀대는 해거름 등에 업고
싸리 빗자루마냥 골목길 휩쓸던 난동에
앙버티다 야반도주한 엄마 대신
초등학교도 꿇어 가며 리어카 몰았다는 볼 여린 딸
욱여넣은 고주망태를 앞마당에 부렸고

벗어 던진 윗도리 베개 삼아
꼬지지한 고무신 저만치 널브러진 채
드르렁, 코고는 소리
헛간 옆에 내팽개쳤던 리어카

밤 지새운 손에 쥐어 있던 들꽃 몇 송이가
막걸리 시큼한 내에 절여져 시들고 있었네

새벽 노고지리와 버꾸와 밀밭 야시

들일 나갈 때마다 새벽잠 깨우며 성화를 부리다가
땡볕 타는 논밭 놉 데리고 일하며 쉴 새 없이 잔소리 안
하고는 못 배겨 새벽 노고지리

일은 몸 부서져라 해 주고 품삯 안 줘도, 말 한 마디 못 하
고 그냥 돌아온다고 버꾸
막걸리 힘으로 모 심다가 무논에 처박혀 나뒹굴던 저녁나
절 석양도 붉게 타올라

딸 많은 모친상 매혼埋魂 때 상석 차려 곡하고 삭망朔望 지
낸 상 물리던 날
차린 음식 남몰래 슬쩍 밀밭에 숨어 먹다 들키는 바람에
밀밭 야시
얄미운 짓 할 때마다 입방아에 오르내렸네

외동아들 실종 사건

먼지만 앉은 뒤안에도 새순이 돋고
나비가 찾아들던 날이었겠다
동화사 봄꽃 놀이 다녀오자는 동네 아낙들 쑥덕임에 휩쓸
려 어린 아들 걸리다 업었다 해 가며
남몰래 다녀오는 사이

아낙과 늦둥이 외동아들 온데간데없이 사라져
꼴 베고 두렁 고치다 돌아온 가심이 철렁!
'이 여자, 아들 유괴하려고 살러 왔나'
부글부글 끓어오르는 의혹 삼키며 단숨에 온 마실 휘돌
아 수소문하다가
수상한 낌새가 똬리 틀기 무섭게 지서로 내달려 신고하고
돌아오던 고샅길 너머

곯아떨어진 아들 업은 채
고단한 다리 끌며 슬그머니 나타난 저물녘
혼비백산한 두 팔이 아들부터 냉큼 받아 안고는
웃음만 허허,
걸핏하면 깜박대며 불이 나가던 알전구와
처마 끝에 매달린 남폿불이 바람에 대롱대던 밤이었네

정랑 길 엎어지던 밤마다

말더듬이 용팔이가 절뚝거리며
밤을 굽던 휑한 겨울 역전이었네
연탄불 매캐한 날이 저물면
육소간 저녁밥 나르다가 깜깜한 철길에 걸려
무르팍 깨지는 날이 잦자

밤눈 어둔 데는 쥐가 특효라
맛도 좋고 냄새도 구수하다며
쇠고기라고 속이고 고아 먹여 밤눈이 밝아졌다는데
정랑 길 엎어지던 밤마다
쥐 꼬리 잘라다 낸 기억만 어슴푸레

급식 밀가루 빵 몰래 보자기 싸서
꼭 쥐어 주던 처녀 선생님 저만치서 손 흔들고
나는 더듬대던 눈이 밝아지기도 전에
텅 빈 운동장 혼자 지키는
쓸쓸한 버짐나무가 되어 갔네

농방 아재

농이나 한옥 문을 만들던 목공이었네
상여를 만들기도 해
상여 벽마다 그려 넣는 소나무에 혼을 쏟을 때면
지엄한 푸른 솔 드리운 소나무가
빈천한 상여를 호위했네

노잣돈까지 헐어 교회당 짓다가
밑천 다 털린 당숙의 간절한 권면에
좋아하던 술 담배는 차마 못 끊고 미적미적
교회 나가자마자 뇌졸중이 닥쳐 아버지 임종하시니
하나님께로 가는 길 자청하셨다며
나까지 교회로 불려 나간 날

매미채 같은 헌금 주머니
돌아오는 것이 무서웠네

목사님 설교 소리만 쩌렁쩌렁
키 높은 예배당 천정을 울려
해진 양말 삐져나오는 발뒤꿈치 감추랴
꼬지지한 신발 없어질라

자꾸 뒤돌아보았네

한쪽 귀에 몽당연필 꽂은 당숙
톱밥 대팻밥 뒤집어쓰며 만든 꽃상여 타고
아부지 황천길 잘 가셨을까
자꾸 돌아보았네

외가 가는 길

더께로 날리는 흙먼지 뒤집어쓰고 꼬부랑길 더듬다 보
면, 소나무들도 고개 넘다가 지쳐 휘어진 그늘
　이마마다 백설기 같은 잔설을 얹었네

　헌실 거랑 발 둥둥 걷고 건널 때는
　얼어붙는 물살에 종아리 터져 나가도
　비탈타고 내려오던 지게도
　지게 작대기 받쳐 두고 대담배 피워 물던 곳

　옻나무가 많아 옻재라 부르던 까끄막 고개
　낫 하나에 호미 몇 개 사 들고 돌아오는 산비알에 우박처
럼 잔별이 쏟아질 때면
　웬 짐승들 우는 소리에 가슴이 덜컥, 지나는 행인 홀려서
간 빼 먹는다는 여우에
　산중에서 만났다는 납닥바리*에

　새 외가 가는 재 넘다 옛 외가 끊어질라
　덜컥 겁나던 날은
　아무도 찾지 못할 금호강 물 깊은 바닥에
　숨고 싶었네

　* 납닥바리: 개호주의 방언. 범의 새끼를 말함.

82

영천 대말

걸핏하면 손가락 빨거나
옷깃이나, 소매나
땟구정물 졸졸 흐르는 앞섶 입에 물고
징징댈 때마다 엄마는
영천 대말 거시기라도 물려 놔야겠다고 하면
나는 상상 속의 괴물이라도 만난 듯이
울음을 뚝, 그쳤지

노귀재 너머 청송 외가 가는 길

목 타는 시외버스
먼지 풀풀 날리는 창밖으로
낭떠러지 강변에 드리운 아름드리 당나무 아래
긴 말총 흩뿌리며 폭염 쫓던 대말의
시커멓게 축 늘어진 거시기를
그때 처음 보았네

도평댁 며느리

개울 건너 음지 마을 도평댁 며느리
이 녘 외갓집 말고 죽은 어무이 오빠 딸을
새 어무이가 중매선 것인데

개울가 꽁꽁 언 손 녹여 가며
빨래 방망이질하고 있었지
산골 외가 빈둥대며 얼음이나 지치다가
누이인 줄도 모르고 지나치는데
누이가 먼저 알아보고 다정하게 나를 불렀네

외삼촌 키도 작고 생긴 것 볼품없어도
일하는 논둑마다 졸졸 따라다니며
동네 여자들 신랑 훔쳐갈까 봐 지켰다는 외숙모
얼굴도 모르는 엄마가 궁금한, 내 속을 다 안다는 듯이
서늘한 눈매에 광대뼈가 살짝 나왔다고도 하고
작은 외삼촌 못생긴 것까지 닮아
앞이마가 유난히 튀어나왔댔지

개울가 잎 마른 겨울 덩굴 숲으로 휘익,
참새 떼 분주하게 날아들던 아침나절

곱게 차려입은 누이의 새댁 모습이
얼굴도 모르는 어무이 얼굴로 겹쳐 왔네

물물교환

심심한 노루도 군것질할 것 없던 때
꼬불꼬불 외딴 산골
끊어질 듯 이어지던 아이 걸음이
반나절 걸어서야 닿던 곳

외숙모 큰맘 먹고
흰 자루에 보리 한 말 담아 주면
어린 등 짐바 메고 어칠비칠
십 리 길 산모롱이 무른 다리 절며 넘고서야
키 큰 살구나무가 내려다보이던 마을

마른침 절로 고이는 살구
보리와 맞바꾼 흰 자루에 담아 오다가
야금야금 베어 물다 그래도 타는 갈증에
개울 속 텀벙
발가벗고 멱 감다 보면

까마득 절벽 위에
키 큰 소나무, 까투리 몰래 내려와
벌거숭이 엉덩이 쏘아 대는 피라미 떼
내 수줍은 잠지 다 훔쳐보았네

이대 아재

나보다 서너 살 많았을까
청송 작은 외갓집 대 이을 아들 구한다며
보육원에 선을 댄 어무이가 데리고 간 것인데
다니기 싫은 학교는 그날로 때려치우고
외삼촌 따라다니며 농사일로 배 채우기 급급했지
얼마나 곯았으면 끼마다 한 양푼에
들녘 나설 적마다 사방 먹을 것만 챙겼는데
산에 가면 딸기 따랴, 밭두렁에 오디 따랴
겨울이면 산토끼 홍로에
밤마다 콩에 바늘로 구멍 내어 극약 밀봉한
꿩 모이 뿌리며 온종일 먹는 일로 혈안이다가
원당골 밭 담뱃잎 지고 나를 때는
입에 탄내가 나도록 휘청거리는 다리로
산허리 돌아야 했네, 작은 외할머니
뒤늦게 얻은 아들 큰집 농사일로 혹사당한다며
긴 곰방대 성질내며 두드렸네
배앓이하는 나를 초막에 눕혀 놓고
콩 타작에 거칠어진 손바닥으로 배를 문질러 주며
잘난 남편에 아들마저 앞세운 당신 팔자나
어려서 어미 아비 여읜 내 팔자를
측은해하셨네

눈 위에 지게 발자국

바람 숭숭 드나들던 돌담
기대고 섰다가
내린 눈 받아지고 기어오르던 산기슭
눈 위에 지게 발자국도
숨이 가쁜지

어린 지게 밀삐에
나뭇짐 어깨 자국 다 배었겠다
참나무 등걸 베다가
해 들지 않는 산허리 뒤늦게 돌아 나오다
빙판길 낭떠러지로 곤두박질해

까무러치던 폭포 아래
개골창 나뭇가지 덩굴에 처박혔는데 맙소사,
대롱대롱 지게째 거꾸로 매달려서야
가물대던 의식이
가까스로 되살아날 즈음

산 아래 올라오던 희미한 불빛 하나
밤이 이슥도록 오지 않는 아이 찾아 나선

외삼촌 헛기침 소리가
쩌렁쩌렁, 온 산을 깨웠네

먹구*

입 없는 각시와
눈만 뜨면 땡볕 긴 밭에 나와
비지땀 쟁기질에 고추 모종 다 심었네
여기 밭고랑 끝에다 소주 한 병
저기 밭고랑 끝에다 또 소주 한 병 두고
가며 한 잔, 오며 한 잔

밤새 내린 이슬비에 뻐꾸기 애끓는 소리
돌담 호박잎 씻어 주며 개울물 흐르는 소리
다 받아 마시고도 태연히
소 부리는 소리만 쩌렁쩌렁
온 산을 울리더니

못 듣는 것인지 안 듣는 것인지
각시는 밭둑에 걸터앉아 우는 아이 젖 주고
먹구는 지친 밭고랑 타고 앉아
세상 신음 흘려보내더니

옹기종기 머리 맞댄 지붕들
훌훌 털고 다 떠나 버려

납작하니 숨 가쁜 도시 변방으로 떠돌아도
귀 닫은 먹구는 밭고랑만 갈아엎었네

* 먹구: 귀머거리를 가리키는 경상도 사투리.

슬픈 천렵

막막한 산그늘이 뙤약볕 가려 주던 개울
산초 가지 수북이 꺾어 담그면
놀라 기절한 피라미 떼 파닥이며 물 위로 떠오르고
바짓가랑이 걷고 물살 헤치며 건져 담으면 끝

후두둑, 쏟아지는 소나기에
내가 빗줄기가 되어 곤추선 사이
물살 견디지 못한 산초 가지가 떠내려가자, 피라미 떼 언
제 그랬냐는 듯 물속으로 자취를 감추었고
무당개구리 붉은 배 뒤집고 뻗은 다리 가늘게 떨다가 뒤
뚱거리며 달아났고
당나무 아래 풍물 울리던 장정들 신명 거두고 떠나면
비늘마다 묻어온 칠월의 산그늘이 서늘했네

바위 우에 젖은 옷 널고 따라 누워
숯불 다리미에 덴 무릎 흉터 만질 때마다
공장 떠난 누이가 자꾸 어른거려

두드러기 삭이러 목간하던 돌샘
살얼음 냉기에 오한 들어 벌벌 떨다 보면

다람쥐 쏜살같이
먼먼 산기슭으로 달아났네

제5부 꽃 피지 않는 사과나무

사과 장수 눈굴땡이와 고깔댁

순한 노루마냥 눈이 불거져 눈굴땡이
사과 반티 머리에 이고 질척이는 삼십 리 길
서문시장으로,
얼어붙는 손과 발 호호 불고 비벼 가며
뒤도 안 돌아보고 새벽마차 오르던 아지매

사과 장수 일 나갈 때마다
쓰고 다니던 고깔이 별호가 되어
올망졸망 자식 남기고 죽은 남편 대신
종갓집 5대조 제사 모시랴
줄줄이 시누들 출가시키랴, 시어른 봉양에

마부가 부려 놓은 사과 궤짝
쳐다볼 때마다 억장 무너져도

흙먼지 뒤집어쓴 채
미어터지는 버스에 덜컹거려도
지친 몸에 절은 사과 향내가 꾸벅대며 졸아도
열일곱 시집온 날 마른 가지 사이로
연지 입술 같은 노을이 걸려 좋았네

이발소

일 년에 두어 번 명절 때마다
머리 밀어 주던 역전 이발소

뭉툭한 솔이 문질러 댈수록
새하얗게 부풀어 오르던 사내 얼굴과
뜨건 김 피어오르던 난로와
야한 여자만 덩그러니 웃고 있는 달력
비춰 주는 거울 속으로
감출수록 낯선 슬픔만 멀뚱하니 걸어 나왔네

마부들끼리 바리캉 하나 구해
마당 급조한 나무 의자에 널빤지 깔고 앉아
심심한 까까머리 밀다 보면
드문드문, 버짐이 머리통마다 피었고

빨래집게로 집은 나일론 보자기가
목을 졸라도, 삐질삐질 땀 흘리며 참다 보면
서툰 바리캉질에 씹혀 나온 머리카락이
무논에 내던져진 모처럼 나뒹굴었네

배막디*

어무이 사 남매를 배막디라 불렀네
귀에 말뚝을 박았는지
도통 남의 말을 알아듣지 못한다고
내 속 빠져나온 것도 더는 못 참겠다며
"그 소견머리 어디다 써먹겠노" 구시렁댔네

빗방울조차 물구덩이에 떨어질 적엔
　가차 없이 물끼리
　　격렬하게 튀기다가도
　수면 위로 튀어 오르며 부드럽게 귀를 적시듯
　　희디흰 탱자꽃도
　　　가시투성이 절규 끝에
　　샛노란 탱자를 맺듯

갱년기 조울躁鬱의 문턱을 넘기만 하면
생生을 거부하는 누이들의 융통성 없는 고집을
예감했을까, 시도 때도 없이
배막디 같은 것들이라고 퍼부어 댔네

* 배막디: 옹춘마니의 방언. 소견이 좁고 융통성 없는 사람을 이르는 말.

사자死者의 집

갑자기 혼절하여 병원으로 향하던 택시 안에서 숨을 거뒀다는 어무이와, 취한 잠결에 느닷없이 이승을 하직한 아버지와,

얼굴도 모르는 조부모, 대청마루 벽에 걸린 빛바랜 큰아버지와, 새벽마다 참빗으로 머리를 빗던 큰어머니와,

설날이면 펑크 난 짐 자전거 끌며 왕복 육십 리 금호강 건너 세배 다니던 진량 큰아버지 내외와,

어려서 동네 우물에 빠져 죽은 나보다 나이 많은 큰집 장조카와 희귀병으로 급사한 막내 조카와,

생솔개비 한 삐까리 재워 두는 사이 '홍시가 왜 이리 먹고 싶노' 하여, 해거름 산비알 허겁지겁 가로질러 장 봐 온 홍시 화로에 덥히는 중에 스르르 숨 놓았다는 외할배와,

온종일 비탈밭에서 매운 고추 따고 당신의 죽음옷 손질 마치더니 깨죽 한 그릇 먹고 싶다 해, 다급히 끓여 내 몇 술 갈 떠먹이던 중에 당부만 되풀이하다 숨 놓으셨다는 외할미와,

굿판 신神대 꺾으러 가던 어린 밤길 혀 끌끌 차며 말리던 전도사 당숙 내외와,

청송 부남 외딴 골짝에 흙집 짓고 마지막 화전민이 되었다가 예감도 없이 생生을 거둔 옥이 누나와,

가벼운 담석으로 입원했다가 손댈 수도 없는 복막염으로 목관에 누워서야 병원을 나선 종갓집 장조카님과,

목수 연장 내던진 채 시도 때도 없이 '오늘도 걷는다마는~' 소주로 달래던 아버지뻘 종형님과,

꼿꼿한 허리 대청마루가 닳도록 걸레질하며 해거름 칠순 아들 기다리다가 꽁꽁 얼어붙은 걸레 손에 쥔 채 고꾸라진 구순 종할매와,

팔다 남은 사과 보따리 머리에 이고, 녹슨 양철 대문 들어서던 청상과부 종갓집 형수가 구순을 넘던 밤이 깊어 갈수록

나는 사자를 모신 거대한 사당이 되어 갔네

전처前妻 제사상

사별한 남자와 도망친 여자의 재혼
억울한 원혼 달랜다며
유골 파내 화장한 망자는
기름에 지진 부침개 제상에 올리면 안 된다는
셋째 어무이 무당 말대로

죽은 전처를
형님이라 부르는 제사상 앞에만 서면
두 눈이 먼저 충혈되었네
속아 맺어진 사내를 도망쳤다가
새서방 10년에 또 상여로 떠나보내고

남겨진 코흘리개 아들과
전처 기일을 모시는 밤이면
하르르, 봉창 너머로 흩날리던 목련꽃 이파리는
어디로 가자는 누구의 발자국일까
하현달 지는 달빛에 뒤척였네

새못 아래 산다는 삭부리* 할매
정화수 떠 놓고 빌며 원했던 아들이라

돌림자 도道에 원도라 지었다며
늘어져 벗겨지는 고무신은 검정 고무줄로 묶고
파젯날이면 어김없이 지팡이 질질 끌며 와
젯밥 얻어먹고 가셨네

* 삭부리: 사내 이름.

크레용

첨으로 크레용이 그린 것은
얼굴도 모르는 어무이였을 것이다
농방 아재가 상여에 그려 넣던 소나무였을 것이다
심심할 때마다 몸을 섞어 주던 금호강이었을 것이다
끝없는 산길 더듬어 걷던 외가 풍경이었을 것이다

그래도 나는 미술 시간이 싫었다
크레용 사 달라 조르다가
성난 아버지가 무서워 도망치는데
사방 골목까지 쫓아온 아버지에게 흠씬
두드려 맞은 후로는

다시는 크레용 사 달라 보채지 않았네
준비물 못 챙겨 손바닥 몇 대 맞고 나면 짝꿍의 크레용 빌
려 쓰는 것이 더 편해
많이 쓰는 몽당 색은 미안해서 못 빌리고 동무 안 쓰는 색
깔만 얻어다 칠한 그림이야 늘 우중충해

흰 화선지에 물감까지 대 주며
원 없이 그려 보라는 선생님 작업실에 홀로 남아

그리는 짓 그도 미안해

하얀 탱자꽃 만발한 사과밭 울타리 가로질러

한달음에 도망쳤네

개를 키우지 않는 이유

처음으로 얻어다 키운 개가
엄동의 새벽이던가
느닷없이 아궁이 속으로 기어 들어가
타다 만 불쏘시개와 함께 발견된 이후

셋방 아저씨 셰퍼드 훈련시키고 나면
도마 위로 처진 귓불 대고
신음 소리 외면한 채 두드려 대던 고통스러운 못질에
흐르는 피 수건으로 닦아 주며
귀를 세우는 것을 본 이후

폭염이 기승을 부리던 밤
사과나무 가지에 죽은 개를 옭아맨 후
달빛에 반사되는 시퍼런 칼날 위풍당당 휘둘러 대며
피범벅이 되어 개를 잡던 사내를 본 이후

나는 절대 개를 키우지 않는다

쇠고기 한 근

전 살림 긁어모아 정육점 차린 때
동네 엄마들 다투어 선생께 뭘 보낸다니까
추석 전날 느닷없이
쇠고기 한 뭉치 헌 신문지에 싸 주셨네

느닷없이 갈라지는 골목길 돌아
어렴풋한 집 더듬어 더듬어서 찾으니
낯선 부엌 물 젖은 손이
반가운 연기 매달고 쫓아 나와
덥석 잡아 주는 손이 부끄러워 도망쳤네

걸려 있던 소 허벅지 슬쩍
베어 보냈다는데
핏물 흥건히 배어 나온 헌 신문지
찐득하니 달라붙는 손바닥 감추며 돌아오는 길
물컹거리던 고깃덩어리 감촉이
덜커덕 무서웠네

어무이 바지와 과외 수업

1

들일 나가던 머릿수건 벗을 새도 없이 교복 바지를 빨아
버려 어무이 바지 입고 교문 들어서다 들키는 바람에

얼결에 둘러대는데 창피한 바지는 왜 자꾸 주룩 흘러내리
던지, 측은한 눈빛이 여벌 바지 하나 없나 혀를 찼고

교실 밖으로 나가지 못해 오줌보 터질 듯하다가 해거름
소변기 앞에 섰는데

아차, 여자 바지는 지퍼가 옆으로 달려 있어

화들짝 대변기로 숨어들어 엉덩이 까고 앉아서야 휴우!

색깔 다른 교복 바지 흘깃 훔쳐보던 눈들 피해 교실로 줄
행랑

어무이 바지 입고 학교 간 날이었네

2

일주일에 딱 한 시간 공고생 영어를 동네 다니며 자랑질,
다짜고짜 가르치라고 닦달해

짧은 영어 더듬거리며 밤새워도 과외비는 어무이가 다 받
아 챙겨, 해 저문 금호강 따라 걷던 머나먼 귀갓길에 아슬아
슬 교문 앞이 위태로웠네

어차피 졸업하면 공장에서 쇠나 만질 공돌이들이 영어는

배워 어디다 쓰느냐며

　잡담이나 풀다가 종 치기 무섭게 달아나는 뒤통수에 매달
려 사라진 영어 대신, 학비 면제용 역기나 들다가 기진맥진

　외할미 표 치자 밀가루 반죽 골절당한 허리에 붙이고

　화장실도 못 가는 부상으로 시름 앓던 과외도 파토가 난 뒤

　동촌비행장 팬텀기 이륙하는 굉음에 벽마다 금이 간 다락
방 숨어 떨던 심장에도

　귀 막고 싶은 거 많던 고막에도 실금이 갔네

약국집 딸

철부지 마부는
말이 쓰러질까만 걱정할 뿐
마누라 병원에 당도하기도 전에 숨이 멎어도
딸들 초등학교도 다니는 둥 마는 둥
외지를 전전해도 그만

정육점 옆집 약국은
간판만 봐도 안심되던 집
골목에서 마주치던 약국집 쌍둥이 딸만 보면
나는 은근히 벙어리 장끼가 되었는데

쌍둥이 딸 중에 누구였는지는
영영 수수께끼
길섶에 핀 민들레꽃을
구별하는 만큼이나 어려웠으므로

궁색한 나에게
먼저 미소를 건네주던 그 소녀에게
벌거숭이 뛰놀던 금호강, 그 방천에 흔하던
들꽃 한 송이 전하지 못했네

꽃 피지 않는 사과나무

과수원 가로질러 능금 익히다가
능금보다 발갛게 노을이 먼저 익던 강변
꼬지지한 머릿수건 덮어쓴 아낙들
맨드라미처럼 붉은 볕 감추며 사다리 내려오면
마부들 낡은 궤짝 마차에 실었지

얼어붙는 귓불은 마부 모자 눌러쓴 채
휘몰아치는 눈발 헤쳐 걷던
멀고 먼 대구역 지나 자갈 마당 건너 채찍질하며
슬픔도 기약 없이 막막해

숨 막히는 들녘으로 팍팍한 공장으로
꽃 피지 않는 사과나무마냥
우격다짐으로 내몰리던 누이들
대책도 없이 훌훌 떠나고

나는 종내 견디고 견디다
시를 가득 실은 마차를 끌고 가는
또 다른 마부가 되어 갔네

폐가를 찾아서

흙먼지 뒤집어쓴 시외버스가
툴툴거리며 넘던 노귀재*
네 시간 찜통에 시달리다가 허드레 자루처럼
내동댕이쳐지면
또 두어 시간 턱없이 걸어 들던 곳

마당에도 삭은 지붕에도
묵은 풀들만 자욱했네
누렇게 뜬 신문지로 도배된 벽에 내걸린 손바닥 라디오가
외삼촌 혀 차는 소리까지 길들이던 시절
눈만 뜨면 오르던 뒷산은 길조차 사라지고
개울 건너 음지 밭에는 신기댁 아들이 영감이 되어 돌아
와 돌탑을 쌓고 있었네

사랑방 문짝은
옛적대로 기울어진 채
녹슨 문고리 흔들며 잊었던 음악을 다시 켜고
외숙모 물동이 이고 오르내리던 동구 지나, 밤새워 담뱃
잎 굽던 황초굴 앞마당
깊게 파인 발자국엔 풀조차 자라지 않고

>
외삼촌 반신불수 임종을 지키다
막 돌아왔는지
속까지 검게 탄 감나무 허리가
더 심하게 휘어졌네

* 노귀재; 경북 영천시 화북면과 청송군 현서면 경계에 있는 고개. 노
  고재 라고도 함.

문금년 전

동생 문금년에게 언니 문금년이
살아서는 만나기도 어렵다가 부고가 되어 찾아왔네
출생일에 이름까지 쌍둥이
태어난 해만 연년생인 영문은 알 길이 없네

일제 침략이 극성이던 때 위안부 안 잡혀가려고
열넷에 열아홉 신랑 만나 어쩌다 일본으로 건너갔는지는
무덤까지 안고 가는 비밀이 되었고
우키시마호에 태워져 격침되지나 않았는지
군함도 같은 죽음의 갱으로 끌려가지는 않았는지

북만주 전쟁터 피범벅 시체로 나뒹굴지 않고도
요행히 광복 지나서야 살아 귀국했다는데
능선마다 나무둥치처럼 죽어 나자빠지던 전쟁도
까마득히 두절되었다가
천수를 누린 관 속에 꽃 한 송이 바치고 왔네

부러진 팔 깁스한 채 누워
환하게 꽃으로 뒤덮인 관 속의 문금년을

관 밖의 문금년이 사진에 입 맞추며 손으로 쓰다듬으며

잘 가시라, 눈시울 붉히며 구순의 잠을 뒤척였네

국제시장 재첩국

국제시장으로 가자
까마득 잃어버린 아버지 체취가
공룡 발자국 화석으로라도 살아온다면
나는 탱자나무 울타리 길
마차 쫓던 검정 고무신으로라도 돌아가

꽁꽁 언 손 호호 비벼 대며
폭설 헤치고 천 리를 걸어도 좋겠네
비린내 진동하는 어판장 허름한 구석에 앉아
뜨거운 재첩국 후후 불어 가며
떠먹여 주던 숟가락 느껴 보고 싶네

어린 슬픔이 저미던 밥상
재첩국이 아니면 또 어떠랴
나이 칠십만 되어도 당나귀 타고 논두렁 건넌다는
과부 60년 어무이 손잡고라도 가야지

해류가 더워지면
명태 떼 떠난 자리에 멸치 떼가 몰려들고

한 슬픔이 떠난 바다에는

또 다른 슬픔이 북받쳐 올 것이네

제6부 에필로그

오동나무 사랑방

　동무네 사랑방 뒤안에는 나이 모를 오동나무가 행주산성 앞치마 같은 잎으로 어둠을 감싸 주거나, 슬그머니 문고리 잡아채는 기척에 놀란 그림자마저 허둥대며 달빛 스미는 문 풍지를 울렸네

　할배 목숨 걸고 일본으로 밀항, 뼈아픈 우여곡절 감추며 식민지 백성 참아 내던 이국 이야기도 잠든 밤
　방문 사이로 들락거리며 고양이가 물어다 남긴 쥐 머리통 이 새하얀 이불에 피범벅으로 나뒹굴어 기겁

　서툰 왼손잡이가 밀어 주던 바리캉 질에 동무 머리카락이 물려 소스라치던 헛간 쇠죽 가마솥 앞이던가
　꽁지 내린 고양이가 슬그머니 달아났고

　마당 지하 사과 저장고 썩은 사과 골라낼 때는 어둠의 투 망질에 결박되어 다시는 빠져나가지 못할까 봐 공포에 숨이 멎는데, 낡은 나무 궤짝 사이로 숨 쉬던 향긋한 사과 향이 백 년 잔치를 벌이고 있었네

잔챙이 고구마

너덜거리는 문풍지 스미는 달빛에
타는 목 길게 빼고 두리번거리던 정지
밀려드는 공포에
퍼질러 앉아 울 때는

도깨비 입마냥
시꺼멓게 그을린 아궁이가 무서웠네

어미 마른 쑥대가 되어서야 돌아와
땟국 흐르는 눈물자국이야 본체만체 밥 안치는 동안
허기 감추던 채송화도 참다 못해
장독대 돌 틈에서 시들고

개들이 짖어 대는 소리 뒤따라온 아부지가
마차를 부리고, 마구간에 말을 들이는 동안
사과 궤짝 덮었던 잔챙이 고구마 씹다 보면
내 두 눈에도 개밥바라기 별이 돋아났네

해 설

정직과 땀내로 받아쓴 말(馬)의 말(言)

김응교(시인, 숙명여대 교수)

지금은 퀵서비스나 택배
가 있지만, 1960년대까지
는 서울역이나 남대문에서
도 마부를 볼 수 있었다.

아이 적 텔레비전에서 영
화 한 편을 보았다. 마부 아
버지와 가족 이야기였다.
너무 어려서 줄거리는 몰랐
고, 그저 마부 하춘삼(김승
호)의 연기가 너무 슬펐다.

단지 차 클랙슨 소리에 놀란 말이 앞서 나가 마차에 치여 쓰
러진 마부 얼굴이 이 나이가 되도록 강렬하게 내 기억에 남

았다. 쓰러진 아버지의 얼굴이 얼마나 슬펐던지, 나는 이 영화가 거기서 비극으로 끝난 줄만 알았다.

아이 적 내가 본 영화는 《마부馬夫》(1961)였다. 정원도 시인의 세 번째 시집 『마부』(2017)와 제목이 같다.

영화 첫 장면에서 막내아들이 자전거를 훔치고 달아난다. 도망가는 자전거를 따라, 카메라는 더러운 진창길을 따라 빈궁한 서울 풍경을 담아낸다. 도둑질에 실패한 막내가 허탈하게 집에 들어서는 첫 장면처럼 영화는 온통 질퍽이는 슬픔뿐이다.

사법고시에 세 차례나 낙방한 큰아들 하수업(신영균), 허영심에 부자 사내를 꼬시러 다니는 둘째 딸 하옥녀(엄앵란), 소매치기 하는 막내 하대업, 시집간 벙어리 큰딸 하옥녀(조미령)는 남편에게 매 맞고 결국 자살한다. 자식 넷이 사람 노릇 못 하니 아버지는 하루하루 슬픔뿐이다.

다행히 말 주인 집에서 식모로 일하는 수원댁(황정순)을 만나며 마부 아버지는 힘을 얻는다. 수원댁과 마부 아버지가 데이트할 때 자꾸 자식들과 마주치는 유머도 재미있는 이 영화는 큰아들 수업이 고시에 합격하여 모든 가족이 기뻐하는 해피엔드로 끝난다. 1961년 베를린 영화제 특별 은곰상을 수상한 영화 이야기를 풀면서, 두 권의 시집 『마부』와 『말들도 할 말이 많았다』 이야기를 시작한다.

말의 역사

이 시집은 전작 『마부』에 이은 연작시집이다. 프롤로그에는 「말의 역사」 등 역사의 흐름에서 말이 어떤 역할을 했는지 시로 전한다. 이 부분은 시집을 개인사의 독백이 아닌 역사의 지평으로 이끌어 낸다. 제2부는 시인이 소년 시절 겪었던 말과 마부에 얽힌 시편들이다. 마부의 아들로 태어나 자란 정원도 시인이 아니면 쓸 수 없는 시편이다. 첫 시를 읽어 보자.

중세 때 보병들 이동 수단이 행군밖에 없을 때
쏜살같이 적진을 가로질러 달리거나 배의 동력을 끌며
말은 가혹한 노동을 착취당하던 동지들
살아 최상의 운송 수단이었다가
죽어서는 몸마저 헐한 고기로 바쳐야 했지

막대한 노동력 확보에 대량 번식을 장려하던 20세기 초
미국의 말과 당나귀만 3,500만 마리라니
얼마나 수많은 말과 노예가 사나운 채찍에 피를 쏟았을까
흉포한 채찍질에 미쳐 날뛰다 사고가 잦자
그제야 노동을 단축 받기도 했다지만

니체도 잔혹한 마부 채찍질에 버둥대는
말의 목을 껴안고 통곡하다가 미쳐 갔다지

마르크스도 노동하는 동물은 노동자로 보지 않았지만

말 못하는 말들도 태업으로 항변했네

                                   —「말의 역사」 전문

    중세 때 유럽에서 말은 전쟁을 위한 최고의 운송 수단이었으며 죽어서는 헐한 고기로 사라졌다. 2연에는 자동차가 나오기 이전까지 20세기 말의 수난사가 쓰여 있다. 자본주의의 본고장인 미국에서는 노예가 말을 다뤘다. 그 많은 말을 부리기 위해 말을 부리는 노예들이 채찍에 맞아 죽어 갔다. 말을 부리는 노예가 있고, 노예 위에 주인이 있는 철저한 노예제도. 노예제도 밑바닥의 말을 시인은 인간에 유비시킨다.

    3연에서는 1889년 1월 3일 이탈리아 토리노에서 있었던 니체의 일화를 언급한다. 우편물을 가지러 나왔거나 산책하러 거리로 나선 니체는 지치고 늙은 말을 본다. 마부가 수없이 채찍질해도 말은 꼼짝하지 않았다. 저항하는 것이 아니라, 너무 늙은 말이 힘들어 더 이상 움직이지 못한다는 사실을 안 니체는 말 목을 껴안고 운다. 니체는 그때 무슨 말을 했을까. 살아 있는 동안 악착같이 견디어 보려는 늙은 말의 모습에서 인간의 슬픔, 니체는 자신의 모습을 본 것이 아닐까. "말 못하는 말들도 태업으로 항변했네"라는 마지막 구절은 이 시집 전체를 조감하게 한다. 말(言)을 못하는 말(馬)을 대신하여, 시인은 시를 쓴다. 이 시의 제목인 말의 역사는 말(馬)의 역사이며, 또한 말(言)의 역사이기도 하다.

1959년에 태어난 정원도 시인이 자란 대구 반야월에서는 70년대 초까지 마부를 볼 수 있었다. 대구하면 '대구 사과'가 떠오르는 대구에서, 말은 사과를 운송하는 필수 운반 기구였다. 일제강점기 일본인들이 대구에 과수원을 만들면서 대구 사과는 시작된다. 당시 경산군 안심면에 속했던 반야월은 대구 사과 산지로 가장 유명한 장소였다. 사과를 운송하기 위해 마부가 많았는데 바로 이곳에서 시인은 "사과 배달 끝낸 밤이면/ 달그림자 등에 지고 돌아온 마차들"(「마부의 문간방」)을 보며 자란다. 반야월에서 마부가 성하던 시기는 1960년대까지였다. 시인이 마부였던 아버지를 본 때는 1963년부터 68년까지, 시인이 다섯 살부터 아홉 살까지인 5년 정도였다. 시인의 놀이터는 "말똥 냄새 절은 아부지 무릎 베고/ 화투장 그림자에 빠져 놀"(「마부의 문간방」)던 마부의 문간방이었다.

사과 궤짝 다 부리고 나면
막걸리 잔조차 걸칠 틈 없이
찌푸린 하늘에
게으른 채찍질로 돌아오는 길

큰 고개 반도 못 넘었는데
흩날리기 시작한 눈발이 거세지더니
빈 마차 수북이 쌓이는 눈에
수시로 털어 내는 갈기마다 고드름이 맺혀

내뿜는 콧김조차 나발되어 힝힝댔네

미끄덩대는 고갯길 목전에 두고는
무릎마저 꺾여
버둥대는 고삐 다잡고 아양교 건널 때는
휘몰아치는 눈발이 만주벌!
눌러 쓴 마부 모자에도 엉겨 붙다가
젖은 눈썹 끝에도 달라붙어

희멀건 눈동자 껌벅이며
김 서린 생똥 질질 눈 위로 흘려 대다가, 폭설에 파묻힌
용계동 다리 건너고서야
희미한 달그림자 위로 거꾸러졌고
호롱불 희미한 윗목에 앉아 씻지도 않은 발이야
걸레로 훔치는 둥 마는 둥 곯아떨어졌네
　　　　　　　　—「눈발 헤치며 마차들 돌아오다」 전문

　새벽에 길을 나서야 하는 마부들은 함께 다녔다. 혼자 말
을 끌고 가면, 뒤에 달라붙어 사과 궤짝을 훔쳐 가는 도둑
도 빈번했기 때문이다. 제목에 '마차들'이라고 쓰여 있는 것
은 마부들이 늘 집단으로 움직이기 때문이다. 머리를 다듬
을 때도 "마부들끼리 바리캉 하나 구해/ 마당 급조한 나무
의자에 널빤지 깔고 앉아"(『이발소』) 깎기도 한다. 야한 여자
만 덩그러니 웃는 달력이 걸려 있는 동네 이발소는 "낯선 슬

품만 멀뚱하니 걸어 나"오는 슬픔의 판타지 공간이기도 하다. 영화 《마부》에서도 마부 무리가 일당을 받으려고 모두 함께 마주 집으로 가는 장면이 나온다.

1연에는 마부들이 등장한다. 사과 궤짝 나르는 일이 얼마나 바쁜지 마부들은 "사과 궤짝 다 부리고 나면/ 막걸리 잔조차 걸칠 틈 없"다. 2연에서 말이 등장한다. 돌아오는 길에 사과를 다 운반한 빈 마차에는 수북이 눈이 쌓이고, 말 머리와 말 등에 "수북이 쌓이는 눈에/ 수시로 털어 내는 갈기마다 고드름이 맺혀/ 내뿜는 콧김조차 나발되어 힝힝"대는 모습은 생생한 영화의 한 장면이다. 3, 4연에 시인의 아버지가 숨은 주어로 등장한다. 몰아치는 눈발이 아버지의 젖은 눈썹에 붙는다. 지친 말은 생똥을 싼다. 생똥은 엄청 고생할 때 싼 똥을 뜻한다. 게다가 "김 서린 생똥"이라는 표현은 따스운 훈기까지 느껴진다. 지친 말이 질질 싼 생똥이 발목에 묻었는데도 지친 아버지는 그냥 누워 자 버린다.

마부들 모습을 재현하는 시편들은 마치 무당 가즈랑집 할머니나 평안북도 정주 공동체 풍습을 담은 백석의 시처럼 구수하고 생생하다. 백석의 시에 정주 사투리가 나오듯, 정원도 시인의 시에도 마부들이 쓰는 용어가 백설기 위의 고명처럼 얹혀 있다. 마부 아버지와 그 친구 마부들 모습을 보며 자란 시인은 말(馬)과 말(言)을 연결시킨다. 그 사이사이에 마부들이 쓰는 용어를 얹는다.

　　말도 머리 굵으면 길 못 들이네

채찍으로 왈패질하다가도
혹이나 잔병치레할까
없는 이불 들고 나와 말 잔등 덮어 주었네

먼 길 가기 전에 물 먹이면 안 돼
노역 후 물이나 꼴 바로 먹여도 안 돼
성미 사나운 남정네는
편자 소리 다그닥, 머리 들이받으며
말들도 할 말이 많았다

길마 느슨하게는
어깨 근육을 떨다가
고개 숙인 채 킥킥거릴 때는 그만 내닫고 싶을 때
누구라도 해코지할 때는 날 선 뒷발질에
길길이 날뛰며 배를 뒤집었네

고삐 바싹 당기며 서두르던 길도
목덜미 부드럽게 쓰다듬어 주면 이내 멈추고
재갈 벗고 싶을 때는 주인 어깨에
지친 머리 문질러 대며
말들도 할 말이 많았다

　　　　　　　　　　―「말들도 할 말이 많았다」 전문

마부들이 쓰는 은어나 용어는 시를 더욱 생기 있게 한다.

"말도 머리 굵으면 길 못 들이네"라며 마부들은 말을 훈련시킨다. "채찍으로 왈패질하다"는 사정없이 때린다는 뜻이다. 왈패曰牌는 말이나 행동이 단정하지 못하고 수선스럽고 거친 사람을 말한다. 왈패曰牌질은 아주 심하게 남을 괴롭히는 짓이다. 심하게 말을 때리지만 마부들은 결코 잔인하지 않다. 왈패질 하다가도 "혹이나 잔병치레할까" 말 등에 이불을 덮어 준다.

마라톤 할 때 물을 많이 마시면 금세 지치듯이, 먼 길 떠나는 말에게 물을 주지 않는다. 물 마시고 싶은 말은 "편자 소리 다그닥, 머리 들이받"는다. 편자(영어: horseshoe)는 말발굽을 보호하고 갈라지는 것을 방지하기 위해 말발굽 바닥에 붙이는 U자형 쇠붙이다. 자연에서 살면 말발굽이 그리 닳지 않지만, 경마를 하거나 짐을 운반하면 발굽을 심하게 써서 빨리 닳아 말이 고통스러워한다. 편자 소리를, 다그닥, 내면서 머리를 들이받는 말에게서 시인은 "말들도 할 말이 많았다"고 표현한다. 편자 소리는 말 못하는 말이 표현하는 신호인 것이다.

길마를 등에 진 말(출처: 『한국민족문화대백과사전』)

"길마 느슨하게는/ 어깨 근육을 떨다가" 말은 지치기도 한다. 길마는 말이나 소 등에 안장처럼 얹는 도구다. 짐승의 등을 보호하는 길마는 균형을 맞추어 주지만, 때로 사나운 말 등에 무거운 길마를 지워 길들이기도 한다.

'재갈'은 말을 부리기 위해 말의 입에 물리는 도구로 기원전 3,500년 전부터 사용되었다. 마구 떠드는 아이에게 어른들이 '입에 재갈을 물려야겠네'라고 했던 그 재갈이다. 소는 코를 뚫어 고삐를 꿰지만, 말은 코로 숨을 거칠게 쉬어야 하니 코를 꿸 수 없다. 일할 때 계속 입에 철로 만든 재갈을 물고 있어야 하는 말은 얼마나 힘들까. 말이 재갈을 벗고 싶을 때는 "주인 어깨에/ 지친 머리 문질러 대며/ 말들도 할 말이 많았다"며 말과 인간은 말없는 말로 대화한다. 이 시는 시인의 개인 체험이 문학과 사회로 퍼져 나가는 계기를 준다.

어린 시인이 본 마부들의 모습은 영화의 한 장면 같다. 곱사춤을 추는 '아부지'는 "긴 목덜미 뽑으며 갈기 휘날리던"(『말춤』) 말춤을 춘다. 시끌벅적한 마장터에서는 흥정이 오가고 말뚝에 묶인 말은 눈치채고 "젖은 눈빛 힝힝거리며 버둥"(『마장터』)댄다. 벌건 대낮에 "암말의 발정이 시작되자", "생식기에 흐르는 끈적이는 진액"(『말 짝짓기』)이 찐득한 벌건 대낮에 벌어진 짝짓는 풍경도 나온다. "더는 부려먹기도 마땅찮아/ 고기로나 처분될"(『팔려 가는 당나귀』) 당나귀, 곧 헤어질 당나귀 목을 껴안아 주면서 어린 소년은 성장한다.

마부 이후의 과도기 지방 풍경

좋은 시집은 읽는 데 시간이 많이 걸린다. 한 인간과 가족의 장편서사가 담겨 있는 이 시집은 금세 읽을 수 있는 시집이 아니다. 에필로그에 실린 「잔챙이 고구마」「오동나무 사랑방」까지, 한 편 한 편이 단편소설을 내장하고 있다. 천천히 곰삭히며 읽어야 할 시집이다.

제3부 이후는 소년 시절 이후 시인이 겪은 역경을 연작시로 풀어낸다. 한 편 한 편 다른 이야기이지만 한 꿰로 꿸 수 있을만치, 마치 구슬처럼 한 알 한 알 은은한 빛을 내는 시편들이다. 옛 문화적 풍습이나 어머니의 어릴 적 수난에 관한 시편들이다. 「문중 화촉계」는 지금은 사라진 집안 화목을 위한 계모임에 관한 시이고, 「개구리 사냥」 역시 지금은 사라진 옛 풍습이다. 화물차가 들어서고 마부의 일거리가 사라지자 마부들은 새로운 일을 찾아야 했다.

빈 리어카 덜커덩대던 다리목 어귀
뽕나무밭 오디가 검은 고양이 등허리마냥 번뜩이는
밭머리 허겁지겁 돌아
'야 너거 아부지 저기 널브러져 있데이'
기별이 당도하기만 하면

비틀대는 해거름 등에 업고
싸리 빗자루마냥 골목길 휩쓸던 난동에

앙버티다 야반도주한 엄마 대신
초등학교도 끓어 가며 리어카 몰았다는 볼 여린 딸
욱여넣은 고주망태를 앞마당에 부렸고

벗어 던진 윗도리 베개 삼아
꼬지지한 고무신 저만치 널브러진 채
드르렁, 코고는 소리
헛간 옆에 내팽개쳤던 리어카

밤 지새운 손에 쥐여 있던 들꽃 몇 송이가
막걸리 시큼한 내에 절여져 시들고 있었네
—「리어카 택시」 전문

　　남편의 난폭한 술주정에 견디지 못하고 아내가 야반도주
하는 것은 동네에서 흔한 이야기였다. 시인은 세 살에 엄마
를 잃고 열네 살에 마부인 아버지를 잃었다. 시인이 너무도
어릴 때 새어머니가 와서 새어머니라는 사실을 알면서도 새
어머니가 그 사실을 알면 불편해할까 봐 모른 척하고 새어
머니와 살았다고 한다. 마부인 아버지는 말(馬)을 잃고 새로
운 일자리를 찾아야 했다. 근대화 과정에 빨리 적응하지 못
한 인생은 "야 너거 아부지 저기 널브러져 있데이"라는 말
처럼 쓰러져야 했다. 그의 아버지만이 쓰러진 것이 아니다.
"들꽃 몇 송이" 같은 아름답고 귀한 존재들은 "막걸리 시큼
한 내에 절여져 시들"어 버린 호모 사케르였다.

마부의 시대가 끝나지 않았다면 시인도 마부가 되었을지도 모른다. 이 시집에는 말을 다루는 소년의 모습이 보인다. 이후에 남은 자들의 삶이 씨줄과 날줄로 엮어져 보인다. 남은 자들은 공장에 가고 소작농으로 살기도 한다. 이러한 가족들이 사는 얘기가 「마부의 딸들」이다.

이제 1970년대에 들어서면서 급격히 화물차가 마차를 대체한다. 시인이 중학교에 들어간 1972년에는 반야월에서 마차가 거의 사라진다. 돌아가신 마부 아버지 이후에 반야월을 살아가는 동네 사람, 친척 등 여러 인물 시가 나오는데 그중에 「한덕수」가 있다. 미리 쓰지만 이 시는 한덕수라는 인물을 통해 그 시대를 증언하는 시다.

  어릴 적 누구 큰아버지라 잘못 말하다가는 언제 붙잡혀
 갈지 모르던 시절, 가까스로 통과하고 안도하네
  성악가 되자고 일본으로 건너갔다가 중도에 학업 포기하
 고 노동운동하다 체포되어 감옥 드나드는 통에

  지역 벗어나는 출타는 지서에 사전 신고해야 해
  '한덕수는 빨갱이'라는 낙서가 칠판에 적혔고, 책상에 엎
 드린 동무 등이 안쓰러웠네
  내가 이불 보따리 하나로 고향 뜰 때까지도 그는 여전히
 《야간 비행》에 나오던 빨갱이 두목

  '원도 저놈 할배 닮아서 힘도 세다'

부추길 때마다 나의 사과밭 농약 치는 펌프질이 급해졌고

큰아버지와 동무인 그가 일본으로 밀항해 공화국 노력영

웅 칭호에 김일성훈장까지 받고

김 사망 때는 장의葬儀 서열 4위가 되는 동안

불령 집안은 깊은 잠조차 감시받아야 했네

—「한덕수」 전문

이 시는 한덕수를 찬양하는 시가 아니다. 한덕수 얘기를
"잘못 말하다가는 언제 붙잡혀 갈지 모르던 시절, 가까스
로 통과"한 시인의 통과제의에 관한 증언이다. 시인은 "큰
아버지와 동무"인 한덕수에 대한 이야기를 듣고 자랐다. 그
는 고향 친구의 큰아버지였다. 경북 반야월에서 태어나 자
란 한덕수(1907~2001)는 1929년 일본으로 건너가 니혼대학 사
회과에 입학하나, 노동운동에 뛰어들면서 1931년 일본노동
조합 전국협의회에 가입한다. 1934년 터널 공사 쟁의에 참
가하여 2년간 투옥된다. 해방 후 재일조선인연맹 결성, 곧
'조총련' 결성에 참여하여 "공화국 노력영웅 칭호에 김일성
훈장까지" 받고, 1967년부터 북한의 최고인민회의 대의원
으로 선출된다. 김일성에게 충성 맹세를 하고 조총련 영구
의장으로 추대된다. 1994년 김일성 주석이 사망할 때 그는
"장의葬儀 서열 4위"였다. 이 시는 한덕수라는 이름 앞에 불
안과 어둠 속에 살아가는 금기된 반공 시대를 되살린다.
"불령 집안은 깊은 잠조차 감시받아야" 하는 감시 사회였다.

"날뛰는 말(馬)을 길들여야 하는 마부가 되었고/ 나는 너무 온순하여 소용이 못되는 말言을/ 사납게 날뛰기도 하는 말로 길들여야 하는 또 다른 마부가 되어 갔다"(「마부와 시인」,「마부」)는 표현처럼, 어린 시절부터 말(馬)을 다루던 소년은 갓 열아홉인 1978년에 포항 공단에 노동자로 십여 년간 근무하고, 1989년부터 서울에서 회사원으로 근무하고, 2000년부터 지금까지 건설 기계를 자영업하면서, 말(言)을 다루는 시인의 삶을 살고 있다. 이 한 권의 시집은 마부 아버지가 선물로 준 말(馬)의 말 없는 말(言)을 받아쓴 기록이다. 에필로그에 실린 시는 독자에게 주는 선물이다.

너덜거리는 문풍지 스미는 달빛에
타는 목 길게 빼고 두리번거리던 정지
밀려드는 공포에
퍼질러 앉아 울 때는

도깨비 입마냥
시꺼멓게 그을린 아궁이가 무서웠네

어미 마른 쑥대가 되어서야 돌아와
땟국 흐르는 눈물자국이야 본체만체 밥 안치는 동안
허기 감추던 채송화도 참다 못해
장독대 돌 틈에서 시들고

개들이 짖어 대는 소리 뒤따라온 아부지가

마차를 부리고, 마구간에 말을 들이는 동안

사과 궤짝 덮었던 잔챙이 고구마 씹다 보면

내 두 눈에도 개밥바라기 별이 돋아났네

　　　　　　　　　　　　—「잔챙이 고구마」 전문

부엌에 앉아 우는 소년의 내면을 담은 시편이다. '정지'는
부엌의 옛 사투리다. '잔챙이 고구마'는 모양이 좋지 않아 그
냥 버리는 고구마다. 밤늦게 마차를 부리고 마구간에 말을
들이는 아버지의 기척을 들으며, 소년은 "사과 궤짝 덮었던
잔챙이 고구마"를 씹는다. 그 잔챙이 고구마는 시인의 태생
이며, 시인과 마부들과 친척들과 노동자로 살았던 모든 이
웃들의 상징이다. 소년의 미래는 어둡지만은 않다. "두 눈
에도 개밥바라기 별이 돋아"나는 것은 소년뿐만 아니라, 잔
챙이 고구마들의 따스한 희망일 것이다. 이 시집은 소년의
체험을 인류의 빈자에게까지 넓히고, 과거의 기억을 새로
운 미래로 펼쳐 놓는다.

정직과 땀내로 쓴 고현학

이 시집에서 '마부'로 상징되는 발굴되지 않은 과거는 생
생하게 되살아난다. 궁핍과 상실 속에서도 말과 함께 꿋꿋
하게 살아가는 마부들, 그 가족의 지역사, 화물차가 출현하

138

기 전까지 근대사의 과도기를 만나는 드문 독서 체험을 제시하는 시집이다. 산업화의 그늘을 마부의 아들로 그리고 노동자로 살아온 화자의 증언은 생생하기만 하다. 정원도 시인은 두 권의 시집으로 집요하게 개인과 한 사회의 고현학考現學을 완성시켰다.

인간의 자리를 AI와 로봇이 대체하고 있는 사회에 기계를 다루어 온 노동자 출신 정원도 시인은 시집 전체를 통해 인간 문화의 중요성을 역설한다. 과거의 인간 풍경에, 미래 사회에 살려 내야 할 귀중한 구원의 열쇠가 있다는 암시를 준다. 단순히 과거를 추억하는 시집이 아니라, 미래 사회의 대안을 제시하는 시집이다. 이 시집은 역사 보고서이면서 동시에 미래를 향한 좌잠座箴이다.

정원도 시인의 세 번째 시집 『마부』를 이시영 시인은 "'시적 의장' 하고는 전혀 상관없는 이 '정직의 시학'으로 무장한 시집 앞에서 내가 들려줄 수 있는 말은 김수영의 다음과 같은 논평이다. '시'와 '삶'이 이렇게 일치된 시인을 2010년대 한국 시단에서 만난다는 것은 매우 희귀한 예"라고 평했다. 이시영 시인이 인용한 김수영의 산문은 이 부분이다.

투박하고 서투르고 그야말로 위태위태한 구절의 연결이 전편을 통해 억지로 이어져 가면서, 그래도 끝까지 꺾이지 않고 벅찬 톤으로 독자의 머리를 후려갈길 수 있는 것은 그의 진실한 체취의 힘이다.
　　　　　　　　—김수영, 「체취의 신뢰감」, 1966. 7.

김수영이 조태일의 시를 상찬하면서 쓴 표현인데, 이 인용문은 정원도의 시편을 평가하기 위한 글로 가장 가까운 문장으로 필자도 동의한다. 김수영은 이 문장을 쓰기 전, 앞 페이지에 이런 표현도 썼다.

> 간단히 말하면 땀내가 배어나는 작품이라고 해도 무방할 것이다. 그리고 그 땀내는 자기의 땀내라야 한다. 자기의 땀내, 나는 땀내보다도 '자기의'에 언더라인을 한다.
>
> —김수영, 위의 글

두 인용문은 정원도 시집을 평하는 결말에 놓아도 그대로 어울린다. 한 달음에 써 내려간 자전적 연작시, 쉽게 쓴 것 같지만, 이 시편들에는 정원도 시인만이 갖고 있는 정직한 체험의 땀내가 배어 있다.

정원도 시인은 시집을 네 번 상재한 중견 시인이다. 첫 번째 두 번째 시집을 뛰어넘어, 세 번째 시집『마부』부터 시인은 비약한다. 이번 시집에 이르러 드디어 시의 고원高原에 이르렀다. 정원도 시인 '자기만의' 정직과 땀내가 이루어 낸 높이다.

그가 평생 잊지 못하는 말과 당나귀들이 한없이 자유롭게 뛰어노는 고원에서 독자들도 새로운 지평을 체험할 것이다. 정직과 땀내를 망각한 뜬구름 잡는 우리 시단을 이 시집은 묵묵하게 대지大地로 견인하는 든든한 말(馬, 言)이 되리라 기대한다.